Das Narren-Schneyden

Hans Sachs

Ein faßnacht-spiel mit dreyen personen

Die person in das spiel.

Der artzet.

Der knecht.

Der kranck.

Anno salutis 1557, am 3 tag Octobris.

DER ARTZT *tritt ein mit seinem knecht und spricht.*

Ein guten abend! Ich bin dort nieden

Von einem worden rauft beschieden,

Wie etlich kranck heroben wem,

Die hetten einen artzet gern.

Nun sind sie hie, fraw oder man.

Die mügen sich mir zeygen an,

Sie haben faul flaisch odern stein,

Die husten odern zipperlein,

Den meuchler oder truncken zfiel,

Den grimb gewunnen ob dem spie,

Eyfersucht oder das seenen,

Das laufend, krampff, mit bösen zeenen.

Auch sunst für kranckheit was es sey,

Dem hilff ich durch mein artzeney

Umb ringe soldung unbeschwerdt,

Weil ich des bin ein artzt bewert.

Wie ir des brieff und Siegel secht.

Er zaigt brieff und sigel. Der knecht sicht hin und her und spricht.

O herr, wir sind nit gangen recht.

Ich sich kein krancken an dem ort.

Secht ir die leut nicht sitzen dort.

All frölich, frisch, gesund und frey?

Sie bedürffen keyner artzney.

Hettens ein hofirer darfür

Und wer wir daussen vor der thür,

Das deucht uns beyden sein am besten.

DER ARTZT *neigt sich und spricht.*

 Got gsegn den wirt mit seinen gesten!

 Weil wir haben verfelt das hauß,

 Bitt wir: legt uns zum besten auß!

 Das nemb wir an zu grossem danck.

 Inn dem kumpt der großpauchet kranck an zweyen krucken; der knecht spricht.

 Mein herr, schaut zu! hie kumpt der kranck.

DER KRANCK.

 O herr doctor, seyt ir der man,

 Von dem ich laug gehöret han,

 Wie ir helfft yederman so fein?

 So kumb ich auch zu euch herein,

 Weil groß geschwollen ist mein leib,

 Als sey ich ein groß-pauchet weib,

 Und rürt sich tag unnd nacht in mir.

 O mein herr doctor, schawet ir,

 Ob es doch sey die wassersucht,

 Oder was ich trag für ein frucht!

 Und schawt, ob mir zu helffen sey

 Durch ewer heylsam artzeney,

 Weil euch der kunst nye ist zerrunnen.

DER ARTZET *spricht.*

 Hast du gefangen deinen prunnen,

 Sogib und laß mich den besehen!

DER KRANCK *gibt im das harmglaß unnd spricht.*

Ja, lieber herr, das sol geschehen.

Nembt hin und bschawt den prunnen selb!

DER ARTZT *besicht den prunnen unnd spricht.*

Gesell, dein prunn ist trüb und gelb.

Es ligt dir warlich inn dem magen.

DER KRANCK *greifft den bauch unnd spricht.*

Es thut mich in dem pauch hart nagen

Und ist mir leichnam-hart geschwollen.

DER ARTZT.

Gesell, wenn wir dir helffen sollen,

So must du warlich für den todt

Ein trüncklein trincken über not.

Das will ich dir selbert zurichten.

DER KRANCK.

Ja, lieber herr, sorgt nur mit nichten!

Ich hab offt vier maß auß-getruncken,

Das ich an wenden haym bin ghuncken.

Solt ich erst nicht ein trüncklein mügen?

DER ARTZT.

Gesell, das selb wirt gar nicht dügen.

Du hast forthin her in viel tagen

Gesamelt ein inn deinen magen.

Das ist dir als darinn verlegen.

Des muß ich dir dein magen fegen.

DER KRANCK *setzt sich und spricht.*

Ja, herr, und wenn ir das wolt than,

So haist hin-nauß gehn yederman!

Es wurt gar leichnam-ubel stincken.

DER KNECHT.

Ey merck! du must ein trüncklein trincken:

Das wirt dir fegn den magen dein.

DER KRANCK.

Was wirt es für ein trüncklein sein?

Ist es wein, mät oder weiß bier?

Mein lieber herr, und het ichs schier,

Ietz het ich eben gleich ein durst.

DER ARTZET.

Du must vor essen ein roselwurst.

Darnach nembst du den trunck erst billich,

Nemblich ein vierteil putter-millich,

Tempriert mit eym viertl summer-pier.

Das must ein-nemen des tags zwier.

Das selb wirt dir dein magen raumen.

DER KRANCK.

Herr, nun fraß ich zweyhumdert pflaumen,

Tranck pier unnd puttermilch darzu.

Das macht mir im pauch ein unrhu

Und rumplet mir inn meynem pauch

Und raumbt mir wol den magen auch,

Trieb mich wol zwölff mal auff den kübel

Unnd riß mich inn dem leib so übel.

Noch ist mir yetzund nichts dest baß.

DER ARTZET *spricht.*

Knecht, lang mir her das harm-glaß!

Laß mich der kranckheit baß nach-sehen!

Er schaut den harm und spricht.

Sol ichs nit zu eym wunder jehen?

Der mensch steckt aller voller narrn.

DER KNECHT *spricht.*

Mein freund, so ist gar nicht zu harrn.

So muß man dir die narren schneyden.

DER KRANCK *spricht.*

Das selbig mag ich gar nit leyden.

Der artzet hat nit war gesprochen.

Wo woltn die narrn in mich sein krochen?

Das west ich armer krancker gern.

DER ARTZET *spricht.*

Die ding will ich dir baß bewern.

Seh hin und trinck dein aygen harm.

Dieweil er noch ist also warm!

So wen die narrn in dir zabeln,

Wie ameiß durch einander krabeln.

9/23

DER KRANCK *trinckt den harm und spricht.*

O herr doctor, yetz prüff ich wol,

Und das ich steck der narren vol.

Sie haben inn mir ein gezösch,

Als ob es weren lauter frösch.

Ich glaub, es wern die würm sein.

DER KNECHT *im ein spiegel unnd spricht.*

Schaw doch inn diesen spiegel nein!

Du glaubst doch sunst dem artzet nicht.

DER KRANCK *schawt in spiegel unnd greifft im selb an die narrenohren unnd spricht.*

Erst sich ich wol, was mir gebricht.

Helfft mir, es gschech gleich, wies wöll!

DER KNECHT.

Soll man dich schneyden, lieber gsell,

So must du dich dem artzt voran

Ergeben für ein todten man,

Dieweil das schneyden ist geferlich.

DER KRANCK *spricht.*

Für ein todn man gib ich mich schwerlich.

Stürb ich, das wer meiner frawen lieb.

Für kein todn man ich mich dargieb.

DER KNECHT.

Wo du denn wirst zu lang verharrn,

Das uberhand nemen in dir die narrn,

So wurdens dir den bauch auffreysen.

DER KRANCK.

    Da würd mich erst der teuffel bscheissen.

    Weil es ye mag nit anderst sein,

    So facht nur an und schneidet drein!

    Doch müst ir mich vorhin bescheyden:

    Was gibt man euch vom narren zschneidn?

DER ARTZET.

    Ich will dich schneyden gar umb sunst,

    An dir beweren diese kunst.

    Mich dunckt, du seist ein armer man.

    Knecht, schick dich nur! so wöll wir dran.

DER KNECHT *legt seinen zeug auß unnd spricht.*

    Herr, hie ligt der zeug allersammen,

    Zangen, schermesser und blutschwammen,

    Zu labung sefft und köstlich würtz.

DER KRANCK *spricht.*

    Nein herr, das man mich nit verkürtz,

    Gebt mir doch vor zu letz zu trincken.

DER ARTZET.

    Knecht, schaw! so bald ich dir thu wincken,

    So schlaich im dhantzweel umb den hals!

    So will ich anfahen nachmals.

DER KNECHT *bindt den krancken mit der handzwehel umb den hals unnd spricht.*

    Gehab dich wol! yetz wird es gehn.

    Beiß auff einander fest die zehn!

    So magst dues dester baß erleyden.

DER ARTZET *spricht.*

Halt für das peck! so will ich schneyden.

Er schneidt.

DER KRANCK *schreyt.*

Halt, halt! botz angst! du thust mir weh.

DER KNECHT *spricht.*

Das hat man dir gesaget eh,

Es werd nit sein wie küchlein zessen.

Will dich die narren lassen fressen?

DER ARTZT *greifft mit der zangen in bauch, zeucht den ersten narrn herauß und spricht.*

Schaw, mein gsell, wie ein grosser tropff!

Wie hat er so ein gschwollen kopff!

DER KRANCK *greifft sein bauch unnd spricht.*

Ietz dunckt mich gleich, es sey mir baß.

DER ARTZET.

Wie wol will ich dir glauben das!

Der narr hat dich hart auffgepleht.

Er übet dich in hoffart stät.

Wie hat er dich so groß auffplasen,

Hochmütig gemacht ubermassen,

Stoltz, üppich, aygensinnig und prechtig,

Rümisch, gewdisch, samb seist du mechtig!

Nicht wunder wer, und wilt dues wissen,

Er het dir lengst den pauch zurissen.

DER KNECHT.

    Mein lieber herr, schawt baß hin-nein,

    Ob nicht mehr narren drinnen sein!

    Mich dunckt, sein bauch sey noch nichts kleiner.

DER ARTZET *schawt im in bauch unnd spricht.*

    Ja freilich, hierinn sitzt noch eyner.

    Halt, lieber, halt! yetz kumpt er auch.

DER KRANCK *schreyt.*

    Du thust mir wee an meynem bauch.

DER KNECHT *spricht.*

    Botz leichnam, halt und thu doch harrn!

    Schaw, wie ein viereckichten narrn!

    Sag! hat er dich nit hart getrücket?

DER KRANCK *spricht.*

    Ja freylich; nun bin ich erquicket.

    Nun west ich ye auch geren, wer

    Der groß vierecket narr auch wer.

DER ARTZT *reckt in in der zangen auf unnd spricht.*

    Das ist der narr der geitzigkeyt.

    Der dich hat trücket lange zeit

    Mit fürkauff, arbeytn, reytn und lauffn.

    Mit sparen, kratzen als zu hauffen,

    Das noch ein ander wirt verzeren,

    Der dir gund weder gut noch ehren.

    Ist das denn nit ein bitter leyden?

    So laß dir kein narren mehr schneyden!

DER KRANCK *greifft in die seyten unnd spricht.*

Herr doctor, hie thut mich noch nagen

Ein narr; den hab ich lang getragen.

DER KNECHT.

Hört hört! der negt gleich wie ein mauß.

DER ARTZT *greifft hin-nein, zeucht ihn mit der zangen herauß unnd spricht.*

Schaw! ich hab diesen auch herauß.

DER KRANCK.

Mein lieber herr, wer ist der selb

Narr, so dürr, mager, blaich und gelb?

DER ARTZET *spricht.*

Schaw! dieser ist der neydig narr.

Der machet dich so untrew gar.

Dich freudt des nechsten unglück

Und brauchest vil hemischer dück.

Des nechsten glück das bracht dir schmertz.

Also nugst du dein aygen hertz.

Mich wundert, das der gelb unflat

Dein hertz dir nit abgfressen hat.

DER KRANCK.

Herr doctor, es ist entlich war;

Er hat mich fressen lange jar.

DER KNECHT.

Mein gsell, schaw selb und prüff dich seer,

O du nit habst der narren mehr!

Es ist dir ye dein pauch noch groß.

DER KRANCK *greifft sich unnd spricht.*

Da gibt mir eyner noch ein stoß.

Was mag das für ein narr gesein?

Nur her! greyfft mit der zangen nein!

DER ARTZT *greyfft nein und reist. Der kranck schreyt.*

O weh! last mir den lenger drinnen!

DER ARTZT *zeygt im den narren unnd spricht.*

Ey halt! du kembst von deinen sinnen.

Schaw! wie kumpt so ein groß gemeusch?

Das ist der narr der unkeusch.

Mit tantzen, bulen und hofiren,

Meyden und sehnen thet dich vexieren.

Mainst, dein sach wer haimlich auffs best.

So es all menschen von dir west.

Des must noch schand und schaden leyden,

Thet ich den narrn nit von dir schneyden.

DER KRANCK.

Ich main, dast ein zygeuner seist,

Weil all mein haimligkeyt du weist.

Noch dunckt mich, es steck eyner hinden.

Mein herr, schaut, ob ir in möcht finden!

DER ARTZT *greifft mit der zangen hin-nein unnd spricht.*

Botz angst, wie ist der narr so feucht!

Er weret sieh und vor mir fleucht.

Ich maß in mit gewalt rauß-zucken.

DER KRANCK *schreyt.*

O wee! da thust mir wee am rucken.

Last mirn! er hat mich lang ernert.

DER ARTZET *reckt den narren auff unnd spricht.*

Der hat dir schier dein gut verzeert.

Es ist der narr der füllerey,

Der dir lang hat gewonet bey

Und dich gemachet hat unmessig,

Vernascht, versuffen und gefressig,

Dein leib bekrenckt, dein sinn beschwert,

Dein magen gfült, dein peutel glert,

Bracht dir armut und viel unrats.

Was woltst du lenger des unflats?

DER KRANCK.

O dieser nar rewt mich erst sehr.

DER KNECHT.

Mainst, du hast keinen narren mehr?

DER KRANCK.

Ich hoff: sie sind nun all herauß.

Hefft mich zu! last mich haym zu hauß!

DER KNECHT *lost und spricht.*

Mich dunckt, ich hör noch einen gronen.

Herr doctor, ir dürfft sein nit schonen.

Er ist noch starck und mags wol leyden.

Thut im den narren auch rauß schneyden!

DER ARTZET *greiffet nein unnd spricht.*

Halt her! laß mich den auch rauß-brechen!

Der thut mir inn die zangen stechen.

Knecht, hilff mir fest halten die zangen!

Laß uns den narren herauß fangen!

DER KRANCK.

O wee! der sticht mich inn die seyten.

Reist ihn herauß! helfft mir bey zeyten!

DER ARTZET *spricht.*

Halt still! sey guter ding unnd harr!

Das ist der schellich, zornig narr,

Das du mochst nyemand uber-sehen,

Viel heder und zenck thetst du an-dreen.

Inn gsellschafft machest viel auffrur.

Dein hawt dir offt zerblewet wur.

Was woltest du denn des dildappen?

DER KRANCK.

Ey lieber, last mich haymhin sappen!

Es hats yetz gar; hefft mich nur zu!

DER KNECHT.

Mein guter freund, hast da yetzt rhu?

Zwickt dich yetzund gar keyner meh?

DER KRANCK.

Im ruck thut mir noch eyner weh.

Der ist wol als ein groß pachscheyt.

Helfft mir deß ab! es ist groß zeyt.

DER ARTZET *greyffet nein unnd spricht.*

So halt nur stät und sey auch keck!

Schaw zu! wol weret sich der geck.

Er zeucht ihn rauß.

DER KNECHT *spricht.*

Schaw zu! wie hecht der narr den kopff.

DER ARTZET *spricht.*

Es ist der aller-fewlest tropff.

Hat dich gemacht inn alle weg

Hinlessig, werckloß, faul und treg,

Langkweilig, schleffrig und unütz,

Vertrossen, aller ding urdrütz.

Het ich dirn nit geschnitten ab,

Er hett dich pracht an pettl-stab.

Mein guter man, nun sag an mir!

Entpfindst du keins narrn mehr in dir?

DER KRANCK *greifft sich und spricht.*

Kein narr mich in dem pauch mehr kerrt.

Doch ist mein pauch noch groß und herrt.

Was das bedeudt, ist mir verborgen.

DER ARTZT *greifft den bauch unnd spricht.*

Sey guter ding unnd laß mich sorgen!

Inn dir steckt noch das narren-nest.

Sey keck und halt dich an gar fest!

Du must noch ein walckwasser leyden.

Ich will das nest auch von dir schneyden.

DER KRANCK.

O langt mir her ein reben-safft!

Mir ist entgangen all mein krafft.

Ich sitz da in eym kalten schweyß!

Zu halten ich gar nit mehr weiß

O last mir nur das nest zu fried!

DER KNECHT.

Mein freund, du verstehst warlich nit.

Schnitt man das nest dir nit herauß,

So prütest du jung narren auß.

So würd dein sach denn wieder böß.

DER KRANCK *spricht.*

So schneyt mich nur nit in das kröß!

So will ich gleich die marter leyden.

Das nest auch von mir lassen sehneyden.

DER ARTZT *greifft mit der zangen nein unnd spricht.*

Halt fest, halt fest, lieber! halt fest!

Es ist so groß und ungelachsen

Und ist im Leib dir angewachsen.

Schaw! yetzund kumbt der groß unfurm.

Schaw wie ein wilder wüster wurm!

Schaw, wie thut es vol narren wimeln.

Oben und unden als von krimmeln!

Die hetst du alle noch geborn.

DER KRANCK.

Was weren das für narren worn?

DER KNECHT.

Allerley gattung, als falsch juristen,

Schwartzkünstner und die alchamisten.

Finantzer, alifantzer und trügner,

Schmaichler, spotfeler und lügner,

Wundrer, egelmayr unnd lewnisch,

Grob, ölprer, unzüchtig und hewnisch,

Undanckpar, stockna on unnd gech,

Fürwitzig, leichtfertig und frech,

Gronet und gremisch, die alzeit sorgen,

Böß zaler, die doch geren porgen,

Eyfrer, so hüten irer frawen.

Die on not rechten und on nutz pawen,

Spiler, bögschützen und waidleut,

Die viel verthun nach kleyner pewt,

Summa summarum, wie sie nant

Doctor Sebastianus Brandt,

Inn seinem narren-schiff zu faren.

DER ARTZET *spricht.*

> Vor solchen narrn uns zu bewaren,
> Mein knecht, so würffe das unzifer
> Inn die Pegnitz hin-nein, ye tieffer,
> Ye bessers ist, und laß sie baden!

DER KRANCK *spricht.*

> Mein herr, hefft mir zu meinen schaden!
> Mich dünckt: yetz hab ich gute rhu.

DER ARTZET *hefft in zu und spricht.*

> So halt! ich will dich hefften zu.
> Nun magst du wol frölich auffstehn.
> Schaw! kanst du an dein krucken gen?

DER KRANCK *steht auff und spricht.*

> Mein herr, ich bin gar gsund und ring.
> Vor frewden ich gleich hupff und spring.
> Wie hetten mich die narren bsessen?
> Sagt! het ichs truncken oder gessen?
> Fort wolt ich meyden solche speiß.

DER ARTZT.

> Waist nit? man spricht nach alter weiß,
> Das yedem gfelt sein weiß so wol.
> Des ist das land der narren vol.
> Von dem kamen die narren dein,
> Das dir gefiel dein sinn allein
> Und lißt deym aygen willen raum.
> Hieltst dich selbert gar nit im zaum.
> Was dir gefil, das thetst du gleich.

DER KRANCK.

    O herr doctor gar künstenreich,

    Ich merck: ewer kunst die ist subtil.

    Ich thet ve als, was mir gefiel,

    Es brecht mir gleich nutz oder schaden.

    Nun ich der narren bin entladen,

    So will ich fürbaß weißlich handeln,

    Fürsichtigklich heben und wandeln

    Und folgen guter lehr unnd rath.

    O wie an zal inn dieser stat

    Waiß ich armer und reicher knaben,

    Die auch mein schwere kranckheit haben.

    Die doch selber entpfinden nicht,

    Noch wissen, was in doch gebricht.

    Die will ich all zu euch bescheyden,

    Das ir in müst den narren schneyden.

    Da werd ir gelts gnug uberkummen.

    Weil ir von mir nichts hat genummen,

    Sag ich euch danck ewer milten gab.

    Alde! ich schaid mit wissen ab.

Er geet ab.

DER KNECHT *schreyt auß.*

    Nun hört! ob indert einer wer,

    Der dieser artzeney beger,

    Der such uns inn der herberg hie

    Bey eym, der haist, ich waiß nit wie.

    Dem wöll wir unser kunst mit-thailn

    Und an der narren-sucht in hayln.

DER ARTZET *beschleust.*

Ir herrn, weil ir yetz habt vernummen

Viel narren von dem krancken kummen,

Die bey im wuchsen vor viel jaren,

Vor solcher kranckheyt zu bewaren,

Las ich zu-letzt ein gut recept:

Ein yegklicher, dieweil er lebt,

Las er sein vernunfft mayster sein

Und reytt sich selb im zaum gar fein

Und thu sich fleissigklich umbschawen

Bey reich und arm, mann und frawen,

Und wem ein ding ubel ansteh,

Das er des selben müssig geh,

Richt sein gedancken, wort und that

Nach weyser leute leer unnd rat!

Zu pfand setz ich im trew und ehr,

Das als-denn bey im nimmer-mehr

Gemelter narren keiner wachs.

Wünscht euch mit guter nacht Hans Sachs.